J. R. R. TOLKIEN

Lieder der Hobbits

Band 3

J. R. R. TOLKIEN

Prinzessin Ich-Mi

Klett-Cotta

Dong – long! Dongelong! Läute laute lillo!
Wenn – wann, Weidenmann! Bimmel
bammel billo!
Tom Bom! Toller Tom! Tom Bombadillo!
Dong – long! Dongelong! Dongelong,
mein Schätzchen!

Leicht geht der Wetterwind, fliegt das
Federspätzchen,
Dort am Fuß des Berges, dort im hellen
Sonnenlicht
Wartet meine Holde auf das kalte
Sternenlicht,
Steht das Kind der Wasserfrau auf des
Hauses Schwelle,
Schlank wie der Weidenzweig, klarer als
die Quelle.
Bringt der alte Bombadil Wasserlilien
wieder,
Hüpft vor Freude heim zu ihr! Hört ihr
seine Lieder?
Dong – long! Dongelong! Dongelonge –
lerio!
Goldbeere! Goldenbeer – honiggelbe
Beer-io!

Armer alter Weidenmann, zieh doch ein
die Wurzeln,
Tom hat Eile, dunkel wird's, mag nicht
drüber purzeln,
Tom bringt Wasserlilien mit, bringt sie
immer wieder,
Dong – long! Dongelong! Hört ihr seine
Lieder?

Hoppe – hopp! Lauft mir nach längs der
Weidenwinde,
Tom geleitet euch nach Haus, folget ihm
geschwinde,
Westwärts sinkt die Sonne schon, bald,
da stolpern alle,
Wenn die Nacht niedersinkt, lockt die
warme Halle:

Aus den Fenstern dringt das Licht
freundlich gelb und gelber,
Fürchtet keine Finsternis noch die Weide
selber,
Weder Wurzel noch Gestrüpp! Tom wird
euch geleiten
Und wir wollen gleich das Fest – donge-
long – bereiten.

Dong-long! Dongelong! Springt, ihr
kleinen Leute!
Hobbits! Ponies! Kommt heran, ja die
ganze Meute!
Jetzt beginnt der große Spaß, laßt uns
alle singen!

Jetzt beginnt unser Lied! Laßt uns alle singen
Von Regen, Sonne, Mond und Stern, Tau auf Vogelschwingen,
Wind über freiem Land, trübem Nebelwetter,
Glockenheide, lichtem Grün zarter junger Blätter,
Schilfrohr am dunklen Teich, Lilien auf dem Weiher,
Singt vom Kind der Wasserfrau und Tom, dem treuen Freier!

Such nicht die Muhlipps! Ihre Welt
ist tintenschwarz und klamm.
Die Glocke schlägt, der Moorhund bellt,
und du versinkst im Schlamm.

Im Schlamm versinkst du nun dafür,
daß du mit frechem Mut
gewagt, zu klopfen an die Tür,
wo es kein Kluger tut.

Die Trauerweiden weinen pech-
schwarz dort am Moderstrand.
Die Schauerweihen brüten, kräch-
zend noch im Schlaf, an Land.

Jenseits der Buckelberge, versteckt in
einem Tal,
wo Mond nicht scheint noch Sonne, dort
stehn die Bäume fahl,
wo tote Äste faulen im nassen, finstern
Kar,
dort hausen sie, die Muhlipps, am grund-
los tiefen Maar.

Die Muhlipps hocken dort beim Licht
einer trüben Kerze zusamm'
und zählen ihr Gold. Sie stört es nicht,
daß es kalt ist im Keller und klamm.

Die Wände schimmeln, die Decke trieft,
man hört, wie's ringsum tropft.
Die Muhlipps schlurfen mit sanftem „klieft
klaft-klieft“ zur Tür, wenn's klopft.

Sie öffnen, spähn durch den engen Spalt,
sie strecken die Finger herfür,
sie packen dich, eh du's begreifst, und bald
sind Knochen der Rest von dir!

Über die Buckelberge einen einsamen Weg
durch die Finsterschluchten, über den Spinnensteg
jenseits der Schwarzen Sümpfe ins tiefe Modertal
gehst du die Muhlipps suchen – und wirst für sie zum Mahl.

Prinzessin Ich-Mi,
So hold war sie,
Wie's die Elfenlieder erzählen.
Sie trug Perlen im Haar,
Aufgefädelt sogar,
Ein Tüchlein, besetzt mit Juwelen,
Aus Spinnwebseide;
Und passend zum Kleide
Einen Gürtel schmal
Nach eigener Wahl
Aus Gold. War das ein Geschmeide!

Des Tages war
Sie unscheinbar
Gewandet in Nebelgrau;
Aber bei Nacht
War ihre Tracht
Vergißmeinnichtsilberhellblau.
Die leichten Sandalen
Aus Fischschuppenschalen
Zeichneten kaum eine Spur!
Sie glitzerten nur
Nach ihrer Natur –
So steht es in den Annalen.

So ging sie unsäglich
Geschmückt, nicht wie täglich,
Mit funkelnden Fischschuppenschritten,
Wohin sie auch trat,
Da gab's in der Tat
Nur Glanz wie von Sternschnuppen-
tritten.

Sie wandte den Blick
Himmelan und zurück
Zum Strand am beschatteten Teiche.
Was aber sah
Sie plötzlich da?
Eine Fremde in ihrem Bereiche!
Leichtfüßig wie
Ich-Mi tanzte Si,
Das schien ihr ein wenig vermessen;
Ach Prinzessin Sie-Si,
So etwas kommt nie-
Mals vor unter gleichen Prinzessen!

Doch ein seltsam Ding
Schien's Ich-Mi, Si hing
Nach unten mit Kopf und Krone.
Wie sonderbar!
Dann wurde ihr klar,
Daß jene dort unten wohne.

Sie blieb also auf Dauer
Allein und in Trauer!
Es gab keine Nähe
Als Zeh gegen Zehe –
Wie war das zu verstehen?
Man kommt sich näher
Von eh- und jeher
Wohl nicht durch flüchtige Zehen!

Nur ihre Füße
Wechselten Grüße.
Das war doch für Zweisamkeit
Oder einen Schwatz
Kein rechter Ersatz,
Und es tat ihr von Herzen leid.
Ließe sich's ändern,
In anderen Ländern,
Wo kundige Elfen
Prinzessinnen helfen,
Oder wo Zauber gedeiht?

Aber wie je
Tanzen Zeh gegen Zeh
Die holde Prinzessin Ich-Mi
Mit Perlen im Haar,
Aufgefädelt sogar,
In leichten Sandalen
Aus Fischschuppenschalen –
Beim Sternschnuppenstrahlen
Der leichten Sandalen,
Mit Perlen im Haar,
Aufgefädelt sogar
Die holde Prinzessin Sie-Si.

Troll saß allein auf einem Stein
Und kaute und nagte an altem Gebein
Schon Jahr um Jahr, denn Fleisch ist rar
Und eine seltene Gabe.
Habe! Labe.
Und Troll lebt immerzu allein,
Und Fleisch ist kaum zu haben.

Da kam mit Meilenstiefeln an
Der Tom und rief: „He, Trollemann!
Mir scheint das schlimm, du nagst an
Tim,
Meinem Onkel, der längst verschieden,
Er ruhe in Frieden!
Lang ist er tot, der würdige Mann,
Und ich dachte, er läg in Frieden."

„Ja, Jungchen", grinst Troll, „ich stahl
den Schatz,
Was braucht ein Gerippe noch so viel
Platz?
Dein Onkel war tot ohne Kummer und
Not,
Schon eh ich an seinen Knochen
Geroh- gerochen!
Mir altem Troll gibt er gern was ab,
Denn er braucht nicht die alten
Knochen."

Sagt Tom: „Auch brauchen nicht solche
wie du
An Knochen zu nagen! Hör auf! Hör zu!
Die gib uns zurück jedes einzige Stück,
Die gehören in die Familie!
Diebsbruder! Luder!
Ein Toter will schließlich auch seine Ruh
Im Schoße der Familie."

„Gib nicht so an", sagt Troll, „lieber
Mann,
Ich mach mich gleich an dich selber ran!
Solch frisches Gericht hatt ich lange
nicht
Für meine Nagezähne,
Ähne! Dähne!
Ich hab die Gerippe weidlich satt,
Riech ich so junge Hähne!"

Schon schien ihm sicher das köstliche
Mahl,
Da entwischte ihm Tom so glatt wie ein
Aal
Und hob den Fuß zum Stiefelgruß,
Ihn eines bessern zu lehren
In Ehren lehren!
Tom hob den Stiefel voller Genuß,
Den Troll eines bessern zu lehren.

Aber härter als Stein ist Gesäß und
Gebein
Eines Trolls, und fühllos noch oben-
drein.
Man könnt ebensogut in ohnmächtiger
Wut
Den Felsen mit Tritten bedenken!
Verrenken! Ertränken!
Wie lachte Troll, als Tom wie toll
Tat seinen Stiefel schwenken.

Und seit er damals nach Hause kam
Blieb sein Fuß ohne Stiefel und dauerlahm.
Aber was geschah, geht Troll nicht nah,
Und den Knochen hat er behalten,
Den miesen alten!
Sein Rückenteil blieb leider ganz heil,
Und den Knochen hat er behalten.

Klett-Cotta
Die englische Ausgabe erschien unter dem Titel „Poems by J. R. R. Tolkien“
Die deutsche Ausgabe enthält, übersetzt von Ebba-Margareta von Freymann, Gedichte aus „Der Herr der Ringe“ und „Tom Bombadil“, sowie „Bilbos Abschiedslied“
Illustrationen aus „Pictures by J. R. R. Tolkien“

ISBN 3-608-93285-2

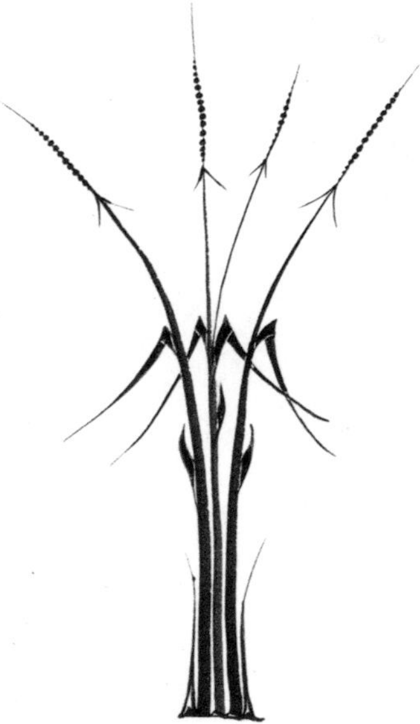

Es lebte einmal ein Mann allein
bei Dunkel wie auch bei Licht,
er hockte reglos da wie ein Stein,
selbst Schatten warf er nicht.
Unter dem blanken Wintermond
nisteten Eulen auf ihm,
wetzten die Schnäbel wie gewohnt,
wenn im Juni die Sonne schien.

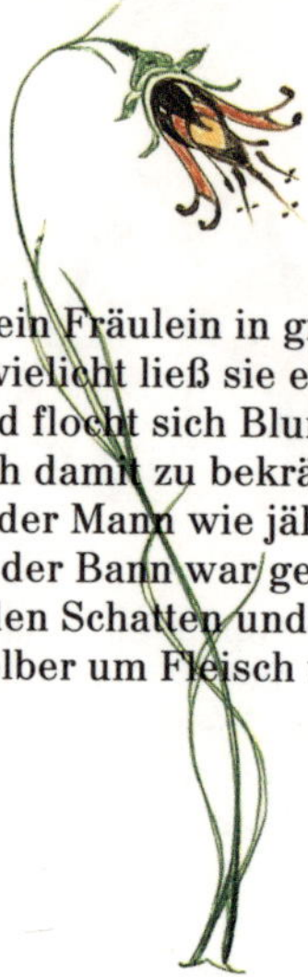

Einst kam ein Fräulein in grauer Tracht,
das Zwielicht ließ sie erglänzen,
verhielt und flocht sich Blumen ins Haar,
um sich damit zu bekränzen.
Da sprang der Mann wie jählings erwacht
hinzu, der Bann war gebrochen,
entriß ihr den Schatten und warf ihn rasch
sich selber um Fleisch und Knochen.

Nun wandelt sie nie mehr auf dieser Welt
    ihres Wegs unter Stern und Mond;
Man sagt, sie lebe ungesellt,
    wo man ungesellig wohnt.
Nur einmal jährlich spuckt der Grund
    seine finstersten Dinge aus.
Einschattig tanzen sie Stund' um Stund',
    gehn erst frühmorgens nach Haus.

Fahrwohl, mein Herd, fahrwohl, mein Haus!
Ob Regen strömt, ob Stürme wehn,
Wir müssen fort und weit hinaus,
Wo Berge hoch und Wälder stehn.

Nach Bruchtal hin, zum Elbenport,
Am Waldeshang dem guten Ort
Wir reiten durch das Morgenlicht.
Wohin von dort? Wir wissen's nicht.

Das Lager unterm Himmelszelt
Von Feinden und Gefahr umstellt
Gönnt auf der Fahrt nur kurze Rast;
Der Auftrag drängt und zwingt zur Hast.

Fort müssen wir und weiter nur
Vor Tau und Tag und Sonnenuhr.

Klett-Cotta
Die englische Ausgabe erschien unter dem Titel „Poems by J. R. R. Tolkien“
Die deutsche Ausgabe enthält, übersetzt von Ebba-Margareta von Freymann, Gedichte aus „Der Herr der Ringe“ und „Tom Bombadil“, sowie „Bilbos Abschiedslied“
Illustrationen aus „Pictures by J. R. R. Tolkien“

ISBN 3-608-93285-2

J. R. R. TOLKIEN

Der Mann im Mond trank gutes Bier

Klett-Cotta

Ein Hoch! dem Bade, dem edlen
Genuß,
Der abspült den Staub und des Tages
Verdruß!
Ein armer Tropf und Schmutzfink heißt,
Wer Heißes Wasser nicht lobt und preist!

O! Zärtlich klingt des Regens Laut
Und das Rieseln des Baches im Wiesen-
kraut,
Doch nimmer tut Regen und Bach so
gut,
Wie Heißes Wasser im Zuber tut.

O Wasser kalt! Wohl trinken wir
Dich, eh wir verdursten, und danken dir,
Doch zum Trinken ist Bier eine bessere
Gab',
Und Heiß Wasser soll fließen den
Rücken hinab.

O! Wasser, das dem Springquell gleich
Gen Himmel steigt, ist wonnereich;
Doch niemals rauscht ein Springquell so
süß,
Wie Heißes Wasser mir – platsch! – auf
die Füß!

Sieh drüben Fastitokalon!
Ja, dort das Eiland mein ich schon,
Es scheint mir öd und kahl.
Komm aus dem Wasser, auf dem Strand
Tanzen wir oder bräunen im Sand,
Wir haben ja die Wahl!

Die Möwen, schau wie sie sich setzen,
Zum Putzen oder Schnäbelwetzen,
Bewahre nein!
Die rutschen auch nicht vom glitschigen
Stein,
Die melden nur an,
Falls einer sich hintraut dann und wann,
Nur so der Ruhe wegen
Oder sich zu pflegen
Oder ein Feuerchen zu entfachen,
Um Tee zu machen.

Oh, närrisches Völkchen, das auf IHM
Sich lagert und zündelt und ungestüm
Nach heißem Tee verlangt!
Sein Panzer zwar ist ziemlich dick,
Auch scheint Er zu schlafen im Augen-
blick,
Damit es dich nicht bangt,
Aber paß auf! Gleich auf der Stelle
Dreht Er sich um, und auf alle Fälle
Mit einem Lächeln
Hört Er dich röcheln,
Und ohne mit einem Aug zu blinken,
Läßt Er dich versinken,
Und jetzt erst merkst du zu deinem
Erstaunen:
Der Kerl hat Launen!

Sei klug!
Es gibt Ungeheuer mehr als genug
Im Meer,
Aber keines ist so gefährlich wie ER
Bis ins innerste Gerippe!
Er ist der letzte seiner Sippe,
Der einzige Schildkrötenwalfisch, der
blieb!
Drum: Ist dir dein eigenes Leben lieb,
Hör auf Fahrenslegenden
Und setz nicht voreilig deinen Fuß
Auf Niemandsland nur so zum Gruß,
Sondern laß deine Tage enden
Auf Mittelerde mit Genuß
Und entschieden
In Frieden.

J. R. R. TOLKIEN

Im Berg ein uralter Drache lag

Klett-Cotta

Grau wie die Maus,
Groß wie ein Haus,
Schnauze wie Schlange;
Erde bebt bange,
Zieh ich durchs Gras,
Baum bricht wie Glas.

Hörner im Maul
Schüttle ich faul
Mein Ohrenpaar;
Jahr um Jahr
Zieh ich dahin,
Leg mich nie hin.
Olifant bin ich benannt,
Größter im Land,
Riesig und alt.
Meine Gestalt,
Sahst du mich hie,
Vergißt du nie,
Sahst du mich nicht,
Glaubst du auch nicht,
Daß es mich gibt.
Doch als ehrlicher Olifant
Bleib ich bekannt.

Die Sonne war jung und neu der Mond,
von Göttern Himmel und Erde bewohnt.
Die Götter waren der Erde hold
und sangen und schenkten ihr Silber und Gold,
Silber sprühten sie über die Wiesen,
ließen die Bäche von Gold überfließen.
So war es, eh' unter grünem Plan
Grube und Abgrund sich aufgetan.
Eh' Zwerg oder Drache ins Dasein trat,
wandelten Elben auf lichtem Pfad,
beherrschten Lande und blaue Lagunen
und Meere mit guten Zauberrunen,
schufen auch viele köstliche Dinge,
Elbenkronen und Herrscherringe.
Doch kam ein Tag: Ihre Zeit war um,
die Lieder verdorrten, die Welt ward stumm,
erobert vom Eisen, vom Stahl geknechtet,

die Freude erschlagen und entrechtet.
Gier hielt Einzug und herrschte hinfort,
die kein Ding schuf, nur häufte zum
Hort;
die nichts verschenkte, nur nahm und
nahm,
bis der Schatten fiel und Finsternis kam.

In düsterer Höhle ein uralter Zwerg
saß und bewachte den Schatz im Berg.
Er dachte nur mehr an Silber und Gold,
das er immer und ohne Maß gewollt.
Am Amboß hatte er Tag und Nacht
Münzen geschlagen und Ringe gemacht,
zur Zierde nicht, sondern nur für's Versteck;
er häufte sie dort für den großen Zweck:
Kaufen wollte er Krone und Macht –
bis er sich fast um alles gebracht,
denn er grub mit Händen und Fingern danach,
bis die Hand verdorrte, der Finger brach.
Sein Blick wurde matt, er hörte nicht mehr,
seine Haut wurde rissig, sein Hirn wurde leer,
seinen fühllosen Fingern entglitten Juwelen,
ungezählte, beim täglichen Zählen.

Weder rasselnde Tritte noch Dröhnen
vernahm
er, als der junge Drache kam,
seinen Durst zu löschen am sprudelnden
Quell.
Dessen Wasser aber verdampfte schnell,
Flammen beleckten den feuchten Grund,

der Zwerg verkohlte vorm Drachen-
schlund,
zerfiel zu Asche, verdarb allein,
bedeckt von Schutt und bröckelndem
Stein.

Im Berg ein uralter Drache lag
in finsterer Höhle Nacht wie Tag.
Sein Auge blinzelte trüb und rot,
Jugend und Freude waren tot.
Verhornt und verknöchert liebte er doch
den Hort, den heimlichen, immer noch,
und bewachte wie eh und je sein Hab
und Gut – und sein Feuer nahm ab und
ab.
Am schleimigen Bauch klebte Edelstein
an Edelstein – und sie waren sein
wie Silber und Gold, das er beroch
und täglich beschnupperte noch und
noch!

Er wußte, wo selbst der simpelste Ring
unter der schwarzen Schwinge hing,
und grübelte stets über Räuber und
Diebe,
die er schlagen wollte mit einem Hiebe,
träumte auf seinem harten Bett
von lebendigem Fleisch und triefendem
Fett,
von zermalmten Knochen, blutigem
Trank.
Sein Ohr erschlaffte, sein Atem sank…
Waffen klirrten! Er hörte es nicht.
Eine Stimme rief wie zum Gericht,
und ein junger Krieger trat bewehrt
vor den Uralten hin mit langem Schwert.
Des Drachen Zähne, noch messerscharf,
nützten ihm nichts: Der Krieger warf
seinen Speer nach ihm, und das Schwert
durchhieb
seinen Rumpf. Er starb. Und das Eisen
blieb.

Ein uralter König saß auf dem Thron,
schneeweiß wallte der Bart ihm schon
bis über die Knie; er schmeckte nicht mehr
weder Speise noch Trank, er atmete schwer,
taub war sein Ohr; bei Tag und Nacht
hatte er nur des einen gedacht,
seiner Eichentruhe, der reich geschnitzten,
von Eisenbeschlägen trefflich geschützten:
Sein Gold und Silber lag drin verwahrt,
mit Blut erkauft, unter Opfern gespart.
Doch die Waffen der Wächter wurden stumpf,
von Rost zerfressen, ihr Klang ward dumpf,
und Unrecht nahm überall im Land
nur zu und zu und überhand.
Die Hallen leer, die Säle kalt –
aber das Gold war in seiner Gewalt!

Er hörte nicht den Hörnerklang,
der vom Bergpaß zu ihm herunterdrang,
roch nicht das oben vergossene Blut
im zertrampelten Gras in der
Mittagsglut...
Seine Hallen stürzten,
das Königtum
ging kampflos
unter und ohne Ruhm.
In die Tiefe warf man,
achtlos zerbrochen,
sein mürbes Gebein
zu anderen Knochen.

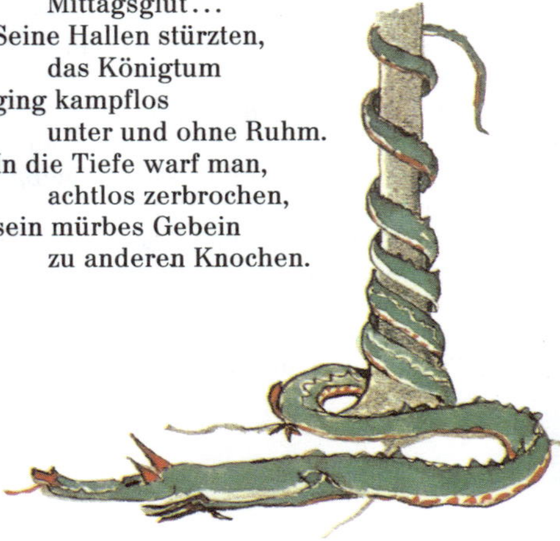

Liegt ein Schatz unter eisengrauem
Basalt,
vergessen längst und ur-uralt
hinter Tür und Tor, und niemand weiß,
wie man sie öffnet, auf wessen Geheiß.
Seltsam, über dem alten Gelaß
weiden Schafe das grüne Gras,
Lerchen steigen und Winde wehn,
Nacht verhüllt, was vorzeiten geschehn,
finsteres Unrecht und schwere Strafen.
Die Erde wartet, die Elben schlafen.

Das wüstige Land,
Es beißt die Hand,
Es nagt am Fuß.
Felsen und Stein
Kein Fleisch, nur Gebein,
Fraß aus, ist Schluß.

Doch in kühlen Pfuhlen
Woll'n wir uns suhlen
    Und Füße im Fluß.
Nun wollen wir gern...

Ohne Atemhauch
Wie die Toten auch,
Trotzdem lebendig,
Schlüpfrig behendig,
Im Sumpf nicht versinken,
doch immerzu trinken;

Auf dürrem Stein
Geht Armer ein,
Aber wir gewinnen,
Wo Wasser rinnen.
Ein süßer Fisch
Den fangen wir noch
Im Wasserloch!
So saftig-frisch!

Ein alter Krug, ein fröhlicher Krug
Lehnt grau am grauen Hang.
Dort brauen sie ein Bier so braun,
Daß selbst der Mann im Mond kam
schaun
Und lag im Rausche lang.

Der Stallknecht hat einen Kater –
miau! –
Der streicht im Suff die Fiedel.
Sein Bogen sägt die Saiten quer,
Mal quietscht es laut, mal brummt es
sehr
Von seinem grausigen Liedel.

Der Schankwirt hält sich einen Hund,
Der hat viel Sinn für Spaß.
Geht's in der Stube lustig her,
Spitzt er das Ohr und freut sich sehr
Und lacht und lacht sich was!

Auch haben sie eine Hörnerkuh,
Stolz wie ein Königskind,
Der steigt Musik wie Bier zu Kopf,
Sie schwenkt den Schwanz bis hin zum
Schopf
Und tanzt, das gute Rind.

Und erst das silberne Geschirr
Und Löffel haufenweis!
Am Sonntag kommt das beste dran,
Das fangen sie schon am Samstag an
Zu putzen voller Fleiß.

Der Mann im Mond trank noch eine Maß,
Der Kater jaulte laut,
Es tanzten Teller und Besteck,
Die Kuh schlug hinten aus vor Schreck,
Der Hund war nicht erbaut.

Der Mann im Mond trank noch eine Maß
Und rollte sanft vom Faß;
Dann schlief er und träumte von
    braunem Bier
Am Himmel standen nur noch vier,
Vier Sterne morgenblaß.

Da rief der Knecht seiner blauen Katz:
„Die Mondschimmel schäumen schon
Und beißen auf den Trensen herum,
Der Mondmann aber, der liegt krumm,
Und bald geht auf die Sonn'!"

Da spielte der Kater hei-didel-dum-didel,
Als rief er die Toten herbei;
Er sägte ganz jämmerlich schneller und
schneller,
Der Wirt rief: „He, Mann! Es wird heller
und heller,
Schon längst schlug die Glocke drei!"

Sie rollten ihn mühsam den Hang hinan
Und plumps! in den Mond hinein,
Die Mondschimmel – hui! – gingen
durch vor Schreck,
Die Kuh wurde toll, und das Silber-
besteck
Das tanzte Ringelreihn.

Beim Didel-dum-didel der Jammerfiedel
Jaulte das Hündlein sehr,
Da standen die Kuh und die Rösser kopf,
Die Gäste soffen aus Tasse und Topf
Und ließen die Betten leer.

Da riß die Saite, und plötzlich sprang
Die Kuh übern Mond ins Gras,
Das Hündlein lachte und freute sich
    schon,
Doch das Samstagsgeschirr klirrte
    schamlos davon
Mit Sonntagslöffel und -glas.

Der Vollmond rollte hinter den Hang,
Die Sonne erhob ihr Haupt.
Da gingen die Leute am hellichten Tag
Zu Bett – welch verrückter Menschen-
    schlag!
Das hätte sie nie geglaubt!

Feiste Katz
auf Schlummerplatz
vielleicht im Traum
frißt sie den flaum-
igen jungen Spatz,

der eben vom Baum
fiel – oder auch
füllt sie mit Rahm ihren Bauch.

Vielleicht
aber im Gegenteil
erreicht
sie träumend ihr Heil:
ihre Urzeit
die Freiheit!
Geschmeidig,
schlank und seidig
kann sie es wagen,
selbst ihre Beute-
tiere zu jagen,
sogar – wer weiß? – aus Menschen-
meute
einen zu schlagen.

Als gewaltiger Leu
ohne Scheu
mit wallender Mähne,
grausame Zähne
bluttriefend im Maul
streift sie umher nach der Väter Art,
oder auch als Gepard
gefleckt,
lauernd versteckt,

um herunterzustoßen auf lebendes
Fleisch,
wartet sie drauf, daß es unten faul
äst und dann mit Gekreisch
verreckt!

Gezähmt dagegen
mag sie sich kaum noch regen
vom Platz,
Liebling aller und Schatz.
Indessen:
Sie hat nichts vergessen.

Mein Tag ist um, es dunkelt schier,
doch weite Reise liegt vor mir.
Lebt, Freunde, wohl! Mich ruft das Schiff,
es wartet zwischen Steg und Riff.
Schaum ist weiß, die Woge grau,
Himmel wölbt sich drüber blau.
Flut rollt an, und Winde wehn,
Wogen bleiben nimmer stehn.

Freunde! Segel sind gesetzt,
Haltetaue durchgewetzt.
Vor mir liegen tiefe Schatten,
jenseits aber grüne Matten.
Hinterm Sonnenuntergang
führt mein Weg mich strandentlang.
Dann im Westen darf ich ruhn,
brauche gar nichts mehr zu tun.

Zu den Inseln in der Ferne
leiten mich die hellen Sterne.
Und ich weiß: Willkommen sei
dort das Schiff, der Hafen frei.
Schiff, bring mich nach Westen hin,
wo auch ich gesegnet bin.
Abendstern vor meinem Mast
führt mich hin zu Ruh und Rast.

Klett-Cotta
Die englische Ausgabe erschien
unter dem Titel „Poems by J. R. R. Tolkien“
Die deutsche Ausgabe enthält, übersetzt
von Ebba-Margareta von Freymann,
Gedichte aus „Der Herr der Ringe“ und
„Tom Bombadil“, sowie „Bilbos
Abschiedslied“
Illustrationen aus „Pictures by J. R. R.
Tolkien“

ISBN 3-608-93285-2

J. R. R. Tolkien
Lieder der Hobbits
Band 2